# MADEMOISELLE MON FRÈRE

VAUDEVILLE EN UN ACTE

## Par M. CLAIRVILLE

Représenté pour la première fois, à Paris, sur le théâtre du PALAIS-ROYAL,
le 28 mars 1858.

PRIX : 60 CENTIMES.

Paris

BECK, LIBRAIRE, RUE DES GRANDS-AUGUSTINS, 3

1858

# MADEMOISELLE MON FRÈRE

## VAUDEVILLE EN UN ACTE,

## Par M. CLAIRVILLE.

Représenté pour la première fois, à Paris, sur le théâtre du PALAIS-ROYAL, le 28 mars 1858.

| PERSONNAGES : | ACTEURS : |
|---|---|
| CLARISSE......................................... | M<sup>lles</sup> Cico. |
| MODESTE......................................... | Lilia |
| BIGORNEAU...................................... | M. Gil-Pérez. |

Une mansarde. — A gauche, premier plan, une cheminée ; une porte au troisième plan ; à droite, premier plan, une table ; une porte au troisième plan ; au fond, une grande croisée donnant sur la rue. On aperçoit une maison de l'autre côté de la rue avec fenêtre praticable. Une commode à gauche de la croisée et une porte à droite : c'est la porte de sortie. Chaises ; fleurs sur les deux croisées.

## SCÈNE PREMIÈRE.

Au lever du rideau, la croisée de la maison qu'on aperçoit de l'autre côté de la rue est ouverte · un jeune homme arrose des fleurs. Il regarde Modeste qui de temps en temps lève les yeux sur lui ; puis il se retire et ferme sa fenêtre. — Tout cela s'est fait sur un petit motif d'orchestre.

MODESTE et CLARISSE, cette dernière sous les habits négligés d'un étudiant, sont assises à la table de droite et en train de coudre (1).

CLARISSE. Satané coton !.. encore cassé !.. et ils vendent ça pour du fil d'Écosse ! (Très-vite et comme si elle parlait à son aiguille.) Mais va donc, mais va donc, mais va donc !

MODESTE. Quand je te dis que c'est ton paletot qui te gêne...

CLARISSE. Mon paletot !.. il s'y prendrait un peu tard... depuis six mois que j'ai pris les vêtements d'homme... à ton bénéfice.

MODESTE. Déjà six mois que nous sommes à Paris !

CLARISSE. Déjà six mois que nous sommes frère et sœur.

MODESTE. Et la sœur a bien souvent tremblé pour son frère.

CLARISSE. Oh ! toi, tu trembles toujours...Ce n'est pas Modeste qu'on aurait dû t'appeler...c'est Poltronne. (Elle se lève.)

MODESTE. Écoute donc, n'être protégée que par un homme... qui est une femme !

CLARISSE. Je te conseille de te plaindre, quand je me sacrifie pour toi, quand je renonce à toutes les coquetteries de mon sexe pour abriter ton innocence de femme sous mon paletot d'homme.

MODESTE. Oh ! cela ne te chagrine pas beaucoup, toi qui fus pour ainsi dire élevée sous ce costume.

CLARISSE. C'est vrai, je fus élevée en garçon. Notre père, ancien maître d'armes, désolé de n'avoir que deux filles, se consolait en me faisant porter des pantalons. J'étais l'aînée, j'étais la plus grande, la plus forte, il m'apprenait à manier l'épée, à tirer le pistolet... et l'on a beau dire, les petits talents d'agrément servent toujours ; car enfin, que serions-nous devenues à Paris, si je n'avais pas été à même de te défendre, de te protéger? Tu te souviens de notre premier voyage en chemin de fer, avec ces trois messieurs qui semblaient vouloir mener l'amour à grande vitesse?

MODESTE, se levant. Si je m'en souviens !.. Je vois encore ce petit jeune homme qui me disait : « Appuyez-vous sur moi, Mademoiselle, » et qui m'a pris un baiser...

CLARISSE. Sous prétexte de déraillement. Et ce gros farceur de notaire qui s'écria : « Mesdemoiselles, on m'a pris ma tabatière, il faut qu'on se fouille, il faut qu'on se déshabille ! » (Riant.) Ah! ah!

MODESTE. Et ce grand tunnel où il faisait si noir!

*Air de Sommeiller.*

De nouveau, je sens qu'on m'embrasse,
Malgré mes cris, mon désespoir ;
Lorsque sous un tunnel on passe,
La compagnie, hélas! devrait avoir
Contre l'amour une assurance...

1 C. M.

CLARISSE.

J' conseill'rais même aux administrateurs,
Pour rassurer notre innocence,
De supprimer quelques chauffeurs.

Enfin, nous arrivons à la gare, mais toujours vertueuses. Nous venions chercher fortune à Paris dans les faux cols et les parements à la mousquetaire, il ne s'agissait plus que de trouver de l'ouvrage.

MODESTE. Et en quelques jours, que d'aventures! nous ne pouvions pas sortir sans être cajolées, adorées, fleuries et reconduites comme une procession.

CLARISSE, se levant. Pardine! deux jeunes filles seules.... est-ce qu'on se gêne?

Air du *Vin à quatre sous.*

On s'approchait de nous :
   (Voix d'homme.)
« Prenez mon bras, la belle...
   (Voix de femme.)
« — Finissez, ou j'appelle !
   (Voix d'homme.)
« — Allons, pas de courroux!
   (Voix de femme.)
« — Pour qui me prenez-vous?
   (Voix d'homme.)
« — J' vous prends pour moi, Mam'selle! »
Et nous avions beau nous fâcher,
Beau courir, beau nous dépêcher,
Jamais nous ne pouvions marcher
Sans voir des galants s'approcher.
Mais, un soir que tu mourais de peur,
Je te dis pour calmer ta frayeur :
Modeste, il te faut un défenseur;
Je serai ton frère, sois ma sœur.
   Et l'on te respecta, sitôt
   Que je repris mon paletot.
   Car c'est un meuble précieux
   Pour éloigner les amoureux.

   Et maintenant, c'est moi
   Qui sur toi toujours veille ;
   Mon habit fait merveille,
   Et tu n'as plus d'effroi,
   Quand je passe avec toi,
   Mon chapeau sur l'oreille ;
Car, sitôt qu'à te regarder
Un galant veut se hasarder,
De mon œil, que je fais darder,
Un éclair va le poignarder.
S'il s'approche, c'est bien poliment,
S'il te parle, c'est bien gentiment,
Et pour te faire un beau compliment,
Ou pour s'excuser très-humblement.
   Car un paletot, c'est, vois-tu,
   Le bouclier de la vertu :
   Il n'est rien de plus précieux
   Pour éloigner les amoureux.

MODESTE. Et comme tout nous a réussi depuis ta métamorphose ! D'abord, quand on a su que j'ha-bitais avec mon frère, j'ai trouvé de l'ouvrage. Et si tu savais comme on s'étonne, quand je rapporte au bout de la semaine ce que nous avons fait à nous deux ! je passe au magasin pour une sorcière. (Elle va s'asseoir.)

CLARISSE, retournant à son travail et s'asseyant. Et le fait est que nous travaillons comme des fées...

MODESTE. Oui, malgré le petit voisin Bigorneau, qui te donne souvent des distractions.

CLARISSE. Ah! tu as remarqué cela?

MODESTE. Pardine! quand ce n'est pas lui qui te cherche, c'est toi; vous êtes inséparables.

CLARISSE. Bigorneau est mon camarade, nous avons l'un pour l'autre l'amitié d'Oreste et Pylade. Si tu savais quelle bonne nature! c'est doux, c'est honnête, c'est rangé, et ça rentre à neuf heures avec son petit rat-de-cave.

MODESTE. C'est que, s'il se doutait...

CLARISSE. Rassure-toi : il ne voit en moi qu'un jeune homme. Il me tutoie, et je lui apprends à fumer des cigarettes. (Riant très-fort comme de souvenir.) Ah ! ah ! ah ! ah !

MODESTE. Qui te fait donc rire si fort?

CLARISSE. Une proposition de Bigorneau... Hier, il me disait : « Vois-tu, Jules, un homme, ça gêne toujours dans un ménage. Crois-moi, n'embarrasse plus ta sœur et viens loger avec moi. »

MODESTE ET CLARISSE, riant. Ah! ah! ah! ah!

CLARISSE. Hein? en voilà de l'ingénuité !.. Ce pauvre petit Bigorneau ! Vrai, il y a des moments où je suis tentée de croire que c'est une demoiselle qui a fait comme moi... qui s'est mise en homme... Et tiens, pas plus tard qu'hier, à ce bal où nous sommes allés ensemble... j'ai cru que j'allais être obligée de vous protéger tous les deux.

MODESTE. C'est égal, quand un jeune homme et une jeune fille se donnent réciproquement du feu pour allumer des cigarettes, à la longue, ça peut donner des idées....

CLARISSE. Eh bien! voyez-vous l'innocente !

MODESTE. Tu sais ce que nous nous sommes promis ?

CLARISSE. Ne crains rien! mon cœur est bien tranquille... nous n'avons jamais aimé, ni toi, ni moi ; nous avons fait serment de ne palpiter que pour le bon motif...

MODESTE. Et, si l'occasion s'en présente, de nous avertir mutuellement.

CLARISSE. Donc, si l'occasion se présente, je te préviendrai, je te le promets encore.

MODESTE, à part. Ah! si elle savait...

CLARISSE. Et maintenant...

Air :

Cours, mon aiguille
   Gentille!
Cours après mon déjeuner!
Cours, mon aiguille
   Gentille!

## SCÈNE II.

### LES MÊMES, BIGORNEAU (1).

BIGORNEAU, qui vient d'ouvrir la porte du fond. Ah !

CLARISSE, très-troublée, cherchant à cacher l'ouvrage auquel elle travaille. Bigorneau !

BIGORNEAU. Tiens! tu cousais !

CLARISSE. Moi?

BIGORNEAU. Oui, je t'ai bien vu.

CLARISSE. Mais, certainement, je cousais pour faire enrager Modeste.

MODESTE. Si vous saviez comme il est taquin !.. il touche toujours à mon ouvrage.

BIGORNEAU. Tu as tort, Jules, il ne faut jamais taquiner les demoiselles; si tu étudiais le Code, comme moi, tu saurais que la femme est un sexe faible et sans défense, auquel tu dois aide et protection, comme il te doit constance et fidélité. Tu verras, je te lirai les cinq Codes un de ces jours, ça t'amusera; mais aujourd'hui j'ai une confidence à te faire.

CLARISSE ET MODESTE. Une confidence?

BIGORNEAU. Une confidence et une proposition. Je ne te fais même la proposition que pour te faire la confidence.

CLARISSE, se levant. En ce cas, voyons la proposition d'abord.

BIGORNEAU. Je te propose de venir avec moi au bain à quatre sous.

CLARISSE. Au bain à quatre sous !

MODESTE, se levant. En voilà une idée !..

BIGORNEAU. C'est une idée aquatique. Ça m'est venu ce matin en me débarbouillant. Je me suis dit : Il faut que je fasse un aveu à Jules ; je lui ferai mon aveu en faisant ma coupe, et je lui jetterai de l'eau à la figure pour qu'il ne me voie pas rougir.

CLARISSE. Rougir !

MODESTE. Ah ! mon Dieu ! est-ce que vous auriez un crime sur la conscience?

BIGORNEAU. Oh ! non, Mademoiselle, je ne crois pas que ce soit un crime; c'est peut-être une faute... ou, si ce n'est pas une faute, c'est... c'est peut-être... Certainement il est des positions... où... parce que... Jules, viens-tu te baigner?

CLARISSE. Mais non.

MODESTE. Nous n'avons pas d'argent.

BIGORNEAU. Je vous ai déjà dit qu'il ne s'agissait pas de la grande école de natation, mais du modeste bain à quatre sous.

CLARISSE, à part. Ah ! mon Dieu !

MODESTE, à part. Ah ! pauvre Clarisse !

BIGORNEAU. Bain d'hommes à fond de bois, école de natation mutuelle.

MODESTE. Se baigner avec tout le monde !

BIGORNEAU. Bah! entre hommes!... Viens-tu, Jules ?

CLARISSE, à part. Quelle horreur ! (Haut.) Impossible, je viens de déjeuner.

BIGORNEAU. Tu as déjeuné?

MODESTE. Oui, oui, avec du pâté.

BIGORNEAU. Ah ! c'est désagréable !

MODESTE. Oh ! mais rassurez-vous (1)... vous pourrez faire votre confidence, car je sors. Je vais reporter mon ouvrage et j'en ai bien pour un gros quart d'heure.

CLARISSE. Comment! tu sors déjà... et sans moi?

MODESTE, tout en préparant son carton. Tu sais bien que je suis attendue... le magasin est à deux pas... je ne veux pas te priver des confidences de monsieur Bigorneau... Allons, sans adieu !

Air : *Il faut aimer, chanter et rire.* (Corde sensible.)

> Faites-lui votre confidence,
> Dites-lui bien tous vos projets :
> Dans peu, nous en rirons, je pense,
> Car je devine vos secrets.

#### ENSEMBLE.

BIGORNEAU.

> Ciel ! que dit-elle ! en conscience,
> Je dois trembler pour mes projets,
> Si vraiment Modeste, d'avance,
> A deviné tous mes secrets.

CLARISSE.

> Quelle est donc cette confidence,
> Quels peuvent être ses projets ?
> Ah ! malgré moi, je crains d'avance...
> Je crains d'apprendre ses secrets.

MODESTE.

> Faite-lui votre confidence,
> Dites-lui bien tous vos projets :
> Dans peu, nous en rirons, je pense,
> Car je devine vos secrets.

(Modeste sort par le fond.)

## SCÈNE III.

### CLARISSE, BIGORNEAU.

CLARISSE, à part. Écouter les confidences d'un jeune homme (2) !

BIGORNEAU, à part. Nous voilà seuls... j'ai bien envie de m'en aller...

CLARISSE, à part. Ah ! bah !.. les confidences de Bigorneau ça ne doit pas être bien dangereux. (Haut.) Voyons... voilà Modeste partie, je t'écoute. (Elle s'assied à gauche.)

BIGORNEAU. Ah ! voilà !...c'est que, vois-tu, c'est très-embarrassant, et si tu me regardes, je n'oserai jamais!

CLARISSE. Eh bien! je ne te regarderai pas. Je fermerai les yeux.

BIGORNEAU. Oui, mais tu m'entendras.

1 C. B. M.

1 C. M. B.
2 C. B.

CLARISSE. Faut-il aussi que je me bouche les oreilles ?

BIGORNEAU. Ah! bien, si tu te moques de moi...

CLARISSE, se levant. Ah! tu m'impatientes à la fin, parle ou ne parle pas .. je vais fumer une cigarette (1).

BIGORNEAU. Tiens! c'est une idée, fumons des cigarettes... ça me barbouille le cœur; mais ça me donne du courage.

CLARISSE. Ah ça! c'est donc bien terrible ce que tu as à me dire?...

BIGORNEAU. Oh! oui... ça m'agite beaucoup... Dis moi, Jules, as-tu jamais aimé, toi?

CLARISSE. Hum! moi ?.. si j'ai...

BIGORNEAU. Réponds-moi, comme à un juge d'instruction : as-tu aimé ?

CLARISSE. Plus de cent fois!

BIGORNEAU. Et tu as eu des maîtresses?

CLARISSE. Plus de dix!

BIGORNEAU. Plus de dix?... Es-tu heureux!.. l'es-tu!.. si jeune... tandis que moi, qui suis plus âgé... Après ça, c'est peut-être la faute de mon tailleur... je ne sais pas où tu as pris le tien, mais il t'habille... mon Dieu ! que ton tailleur t'habille donc à ton avantage !.. (Montrant la taille de Clarisse.) C'est fin d'ici... (Montrant sa poitrine.) c'est... Oh! que tu es bien habillé!

CLARISSE. Il ne s'agit pas de mon costume, mais de ton secret... Voyons, allons-y!

BIGORNEAU. Eh bien! apprends donc... (Étouffant.) Hum! hum!

CLARISSE. Qu'est-ce que tu as?

BIGORNEAU. Rien, c'est la fumée que j'ai avalée... ne fais pas attention, ça m'encourage.

CLARISSE. Continue...

BIGORNEAU. Mon cher Jules, je me trompe peut-être, mais je crois que j'ai fait une conquête !....

CLARISSE, sérieuse. Ah !..

BIGORNEAU. Ouf!..

CLARISSE. Une conquête?.. et ou donc?

BIGORNEAU. Tu sais qu'hier nous sommes allés au bal?

CLARISSE. Oui.

BIGORNEAU. Tu sais qu'on s'y est fichu des calottes?

CLARISSE. Oui.

BIGORNEAU. Eh bien! c'était avant cela... je dansais un quadrille et j'en étais à la chaîne des dames, quand tout à coup ma danseuse s'appuya sur moi en me serrant fortement la main. Électrisé par ce serrement, je rebondis et j'écrase le pied de mon vis-à-vis qui balançait gracieusement devant sa dame... Il se fâche, il me dit des injures; mais j'étais entraîné par ma danseuse, qui me serrait de plus fort en plus fort !

1 B. C.

CLARISSE. Eh bien ?

BIGORNEAU. Eh bien! mon cher...

Air du Piége.

De cet amour, je fus presque effrayé:
    Elle serrait ! fallait voir comme
    Elle serrait! que j'en aurais crié,
    Si c'eût été la main d'un homme...
Ce serr'ment d' main fut des plus éloquents,
Ce serr'ment d' main remplit mon cœur de flammes,
    Quoiqu'on ait dit depuis longtemps
Qu'il ne faut pas croire aux serr'ments des **femmes!**

CLARISSE. Une créature qui serre la main d'un jeune homme dans un bal, ça ne peut être qu'une drôlesse (1).

BIGORNEAU. Une drôlesse !.. Oh! ne dis pas cela! Je ne sais pas si c'est ce mot cruel ou l'effet de la cigarette, mais j'ai le cœur...

CLARISSE. Je te répète que cette femme-là ne peut être qu'une...

BIGORNEAU, de plus en plus malade. Apprends au contraire que c'est un ange de pureté et d'innocence... apprends que c'est un trésor de candeur et de modestie!

CLARISSE. Modeste !.. elle?

BIGORNEAU. Oui, elle, Modeste !

CLARISSE. Hein ?..

BIGORNEAU. Voilà le mot lâché!

CLARISSE. Modeste?.. ma sœur?

BIGORNEAU. Ah! comme tu tournes!... **ne tourne** donc pas comme ça!

CLARISSE, lui prenant la main. C'est ma sœur? c'est Modeste qui t'a pris la main, qui te l'a serrée ?

BIGORNEAU. Ah! ne me secoue pas!.. sapristi! **ne** me secoue pas!

CLARISSE. Modeste!.. elle qui ce matin... ·

## SCÈNE IV.

LES MÊMES, MODESTE (2).

MODESTE. Là ! me voilà de retour!

BIGORNEAU ET CLARISSE. Elle !

MODESTE. Qu'est-ce que vous avez donc, **tous les** deux?.... Ah! monsieur Bigorneau, comme **vous** êtes rouge!

BIGORNEAU. Mademoiselle, certainement... **votre** frère vous dira (3)..... c'est moi qui devrais **vous** dire... mais... la cigarette... Croyez pourtant que mon respect..... Ah! j'ai trop mal à la tête, et je m'en vas!

MODESTE, à elle-même. Mais qu'y a-t-il donc?

BIGORNEAU. Jules, je te confie mes intérêts...Oh! sapristi !.. (Il sort précipitamment.)

1 C. B.

2 C. M. B.

3 C. B. M.

## SCÈNE V.

### CLARISSE, MODESTE (1).

MODESTE. Ah çà ! m'expliqueras-tu...?

CLARISSE. Oui, oui, à nous deux, mademoiselle Sainte-Nitouche !

MODESTE. Sainte-Nitouche ?

CLARISSE. Ah ! voilà donc cet ange de vertu, ce modèle d'innocence, ce cœur chaste et pur qui n'avait jamais aimé !

MODESTE. Mon Dieu ! est-ce que tu saurais...?

CLARISSE. Je sais tout !

MODESTE. Eh bien ! oui, c'est vrai... et si je ne te l'ai pas dit plus tôt... c'est que j'ai eu peur de te fâcher.

CLARISSE. Ah! vous en convenez ?..

MODESTE. Il le faut bien ! ce n'est pas de ma faute, c'est la faute de nos fenêtres.

CLARISSE. De nos fenêtres ?..

MODESTE. Dame ! oui, quand je venais là, le matin, pour arroser mes fleurs... je le trouvais, lui, qui arrosait les siennes. Il me regardait, je baissais les yeux, et nous restions comme ça bien longtemps à arroser.

CLARISSE. Que dit-elle ?

MODESTE. J'aurais dû te le dire, je le sais bien ; mais M. Oscar ne me parlait pas.

CLARISSE, à part. Oscar !..

MODESTE. Et je n'aurais su comment te parler de lui.

CLARISSE. Ah ! c'est M. Oscar ?

MODESTE. Tu ne le savais donc pas ?

CLARISSE. Si fait, si fait... le petit voisin d'en face... Et il ne t'a jamais parlé...?

MODESTE. De son amour ?.. oh ! non. D'abord il a été bien longtemps avant de me saluer... et puis...

CLARISSE. Il t'a saluée ?..

MODESTE. Oui... Et puis, un jour qu'il faisait du soleil... il m'a dit qu'il faisait beau.

CLARISSE. Tiens, tiens, tiens.

MODESTE. Alors, il est arrivé comme ça à me parler de toi. Quand il a su que tu étais mon frère, ça a paru lui faire plaisir... il m'a demandé de quel pays nous étions, et, pour ne pas mentir, je lui ai dit que j'étais de Franconville, aux environs de Paris, et voilà tout.

CLARISSE. Ce que c'est pourtant que le voisinage !

MODESTE. Oh! c'est bien dangereux, va !

Air : *Adieu, je vous fuis, bois charmant.*

A la fenêtre si j'allais,
Vite, il s'y mettait... et pour cause !..
Et je regardais ses œillets,

(1) M. C.

Pendant qu'il regardait mes roses.
Mais un jour qu'il mit là sa main...
(Elle montre son cœur.)
Je compris...

CLARISSE.
Tu compris, ma chère,
Qu'au lieu d'admirer le jardin,
Il admirait la jardinière.

Et vous en êtes restés là ?

MODESTE. Mon Dieu ! non.

CLARISSE. Ah çà ! mais...

MODESTE. Voilà le plus difficile à t'apprendre, et depuis hier ça me tracasse, ça me tourmente.

CLARISSE, à part. Ah ! mon Dieu ! est-ce... (Haut.) Voyons, parle, parle vite, qu'y a-t-il ?

MODESTE, lui donnant un papier. Il y a une lettre que j'ai reçue.

CLARISSE. Ah! du petit monsieur aux œillets ?

MODESTE. Oui, mais si tu savais comme il est respectueux !

CLARISSE. Voyons... où est cette lettre ?

MODESTE. Oh ! je la sais par cœur ! (Se rappelant.) « Mademoiselle, j'ai vingt-quatre ans, une place au télégraphe électrique, et un joli petit mobilier; mais... je me suis aperçu qu'il y manquait quelque chose... »

CLARISSE. Et ce quelque chose, c'est une belle et bonne petite femme comme toi.

MODESTE, continuant. « Autorisez-moi à demander votre main à M. votre frère, et je cours vous embrasser tous deux. Signé : OSCAR MOULINO. » Eh bien ! qu'est-ce que tu dis de ça ?

CLARISSE. D'abord, que tu es une petite dissimulée ; ensuite, j'ai à te dire que, quand on aime son voisin, M. Oscar, on ne serre pas la main à son voisin Bigorneau.

MODESTE. Qu'est-ce que ça veut dire ?

CLARISSE. Ça veut dire que Bigorneau prétend que, hier, au bal, tu lui as serré la main en dansant.

MODESTE. Moi, j'ai serré la main à Bigorneau ?.. ah ! c'est impossible !.. Ah ! si... je me souviens, au milieu de la contredanse, j'ai vu M. Oscar qui entrait dans le bal et ça m'a fait un effet... si je ne m'étais pas retenue à la main de Bigorneau, je crois que je serais tombée tout à fait.

CLARISSE. Comment ! c'était pour te retenir ?

MODESTE. Pas pour autre chose.

CLARISSE. Et ce pauvre garçon qui s'est imaginé que tu étais folle de lui !

MODESTE. Moi ?

CLARISSE. Il va être désolé.

MODESTE. Tu le consoleras.

CLARISSE. Moi ?..

MODESTE. Oui, oui... Si j'avais mes secrets, que je ne te disais pas, toi-même...

CLARISSE. Allons, c'est bon, nous reprendrons cet entretien. Je sors...

MODESTE. Comment, tu sors ?..

CLARISSE. Sans doute, ne faut-il pas qu'en ma qualité de frère, j'aille aux renseignements ?

MODESTE. Tu vas trouver M. Oscar ?

CLARISSE. Lui, non ; j'attendrai sa demande ; il a un portier, des amis au télégraphe, sois tranquille, je ferai jaboter tout ce monde-là.

MODESTE. Oh! mais prends garde!..

CLARISSE.

Air des *Pilules*.

Mais, avant d'en raffoler,
Prudemment on doit aller
Sur le compte des amants
Aux renseignements.

(Pendant ce quatrain, on a vu la fenêtre du fond s'ouvrir et le jeune homme de la scène première y reparaître.)

## SCÈNE VI.

MODESTE, seule. Cette bonne Clarisse ! c'est qu'elle prend son rôle de frère au sérieux ; mais je suis bien tranquille, on ne lui donnera que de bons renseignements... Il me semble déjà entendre la voix de la portière... (Voix de portière.) « Oui, M. Oscar est un bon jeune homme ; c'est studieux, rangé, et ça ne reçoit jamais de... » (En parlant ainsi, elle a jeté les yeux sur la fenêtre d'Oscar.) Ah! mon Dieu ! une femme chez lui ! (On voit au fond la pantomime que Modeste indique.) Elle ôte son châle, son chapeau... ils s'embrassent... et devant moi!.. Comment me venger!.. (Les deux personnages du fond s'asseyent et miment avec quelque animation.)

## SCÈNE VII.

### MODESTE, BIGORNEAU (1).

BIGORNEAU, entrant. Ah ! ça va mieux...

MODESTE, l'apercevant. Bigorneau!.. Ah! quelle idée !

BIGORNEAU. Mam'selle... je m'en vas.

MODESTE. Non, restez... Vous m'aimez, n'est-ce pas ?

BIGORNEAU. Jules vous a dit...

MODESTE. Dites-le-moi vous-même.

BIGORNEAU. Eh bien ! oui, je vous aime.

MODESTE. Plus haut que ça.

BIGORNEAU. Plus haut que ça?

MODESTE. Oui, parlez plus haut.

BIGORNEAU. Ah! eh bien! oui, je vous aime!

MODESTE. Encore plus haut.

BIGORNEAU, criant. Mademoiselle, je vous aime !

MODESTE. Bien comme ça.

BIGORNEAU, à part. Elle a l'oreille dure !..

MODESTE, à part. Il a dû entendre... (Haut.) Maintenant, tombez à mes genoux!

BIGORNEAU. Ah! oui! (Il s'agenouille.)

MODESTE, criant. Vous me demandez un baiser... eh bien ! soit, je vous l'accorde !

1 M. B.

BIGORNEAU. Ah! Mademoiselle! (Pendant tout ce qui précède, les personnages du fond ont suivi Modeste et Bigorneau. — Au moment où celui-ci embrasse Modeste, le jeune homme ferme vivement la fenêtre.)

MODESTE, à part. La fenêtre s'est refermée!... ah! c'est affreux!... je suis furieuse !

BIGORNEAU, qui s'est relevé. Encore!... encore!..

MODESTE. Monsieur Bigorneau, vous êtes un imbécile! (Elle sort à gauche.)

## SCÈNE VIII.

BIGORNEAU, seul. Elle s'en va... (Bruit de serrure.) Elle s'enferme..... J'ai été trop loin..... Oh! c'est égal... Imbécile!... Est-elle gentille! elle m'a appelé imbécile, comme si j'étais déjà son mari... Oh! que je suis heureux!.. C'est dommage qu'elle soit devenue sourde!.. comment donc que ça peut se faire? elle entendait si bien... (Ici, une pierre entortillée d'une lettre tombe dans la chambre.) Hein ! qu'est-ce que ce monolithe?.. d'où vient-il? Une lettre.... de Modeste, peut-être?.... (Ouvrant la lettre.) C'est l'aveu qu'elle m'a crié tout à l'heure et qu'elle renouvelle par écrit : elle me croit sourd aussi, peut-être... lisons. (Lisant sur l'adresse.) « Au Monsieur qui fait la cour à mademoiselle Modeste... » Tiens! ce n'est pas d'elle..... mais c'est bien pour moi. (Lisant.) « Monsieur, vous êtes un pâlto-« quet... » (S'interrompant.) Hein?... (Il relit l'adresse.) C'est bien pour moi..... (Continuant.) « Je viens de « vous voir aux genoux d'une jeune fille qui nous « trompe tous les deux, car elle habite avec un « jeune homme qu'elle fait passer pour son frère, « et je viens d'apprendre à l'instant que made- « moiselle Modeste n'a pas de frère. » (S'interrompant.) Comment! Jules n'est pas le frère de sa sœur? est-ce bête!... (Continuant.) « Comme je ne « veux être trompé, ni par lui, ni par vous... j'ai « décidé de vous tirer les oreilles à tous les deux...» (S'interrompant.) Quatre oreilles!.... s'il croit que ça se tire comme ça..... (Continuant.) « J'ai l'intention « de commencer par les vôtres, et, si vous êtes « homme d'honneur, vous viendrez les défendre « demain, à six heures, au bois de Vincennes, où « je vous attendrai avec deux témoins. OSCAR MOU-« LINO. » Oh! sapristi, oui, que j'y serai !.. Pal- toquet!.... il ose m'insulter, il insulte Modeste et son frère, mon ami..... Mais si pourtant Jules n'é- tait pas le frère de Modeste... qu'est-ce qu'il se- rait donc? Ah ! il faut qu'avant de me battre avec l'autre, je m'explique avec Jules, et de ce pas...

## SCÈNE IX.

### CLARISSE, BIGORNEAU (1).

CLARISSE. Modeste! Modeste! (Apercevant Bigorneau.) Tiens, c'est toi, Bigorneau?

1 C. B.

BIGORNEAU. Oui, Monsieur...

CLARISSE. Monsieur!..

BIGORNEAU. J'ai des raisons majeures pour vous demander qui vous êtes?

CLARISSE. Qui je suis... moi?

BIGORNEAU. Qui tu es, vous.

CLARISSE. Es-tu fou? Ne suis-je plus Jules, ton ami, le frère de Modeste?

BIGORNEAU. Jules qui... Jules quoi?

CLARISSE, à part. Ah! mon Dieu, est-ce qu'il se douterait...

BIGORNEAU. Il s'agirait de me montrer votre baptistaire. Allons, allons, le baptistaire demandé!

CLARISSE. Oh! mais... sais-tu que tu m'ennuies!

BIGORNEAU. Votre baptistaire! ou je croirai ce qu'on m'a écrit dans cette lettre. (Il donne la lettre.)

CLARISSE. Dans cette lettre... (Elle la parcourt.)

BIGORNEAU.

Air de *Mazaniello*.

Ou dit que vous n'êt's pas son frère,
Et, dans ce local installé,
Avec elle la nuit entière
Vous logez sous la même clé.
Prouvez-moi donc qu'on m'en impose,
Ou j'en conclurai, pour le coup,
Que Modeste est un' pas-grand'chose,
Et que vous êt's un rien-du-tout.

CLARISSE. Une pas-grand'chose!.. Un rien-du-tout!.. (Lui donnant un soufflet.) Tiens!

BIGORNEAU, restant stupéfié. Oh (1)!

CLARISSE, à part. Je n'avais pas de meilleures raisons à lui donner.

BIGORNEAU, comme un tigre, se précipitant sur les fleurets qui sont à la muraille. Cristi! Pristi! Sapristi!

CLARISSE. Que fait-il?

BIGORNEAU. Ils sont démouchetés; prenez, Monsieur, mais prenez donc!

CLARISSE. Prends garde, Bigorneau, tu vas te blesser.

BIGORNEAU. Non, Monsieur, c'est vous que je vais blesser!

CLARISSE. Tu oublies donc que mon père était un maître d'armes?...

BIGORNEAU. Défendez-vous... allons, en garde!

CLARISSE. Allons, puisque tu le veux absolument...

Air : *Polka des deux vieilles gardes.*

Efface-toi...
Moins de raideur, crois-moi.
BIGORNEAU.
Dans ce tournoi,
Chacun pour soi.
CLARISSE.
Ah! c'est pour toi
Que je tremble d'effroi.

1 B. C.

BIGORNEAU.
Tremble pour toi,
Mais ne crains rien pour moi.
(Se fendant.)
Un', deux...
CLARISSE.
Paré!.. vrai, sans broncher,
Du coup, j'aurais pu t'embrocher.
BIGORNEAU.
Tierce, quarte, pour en finir...
(Il se fend.)
CLARISSE.
Songe donc à te mieux tenir...
(Bigorneau lui porte un coup.)
Paré, mon cher...
BIGORNEAU.
Encor paré!...
Ah! c'est égal, je te tûrai!
Tiens, un', deux, trois...
CLARISSE.
Toujours paré!
Il faut cesser,
Je crains de te blesser...
BIGORNEAU.
Tu le ferais,
Si tu pouvais.
CLARISSE.
Je te tûrais,
Mon cher, si je voulais...
(Le désarmant.)
Mais va ramasser ton fleuret,
Benêt!

BIGORNEAU. Désarmé! oh! je rage, je rage!

## SCÈNE X.

### LES MÊMES, MODESTE (1).

MODESTE, entrant. Mais que se passe-t-il donc?

CLARISSE. Ah! c'est toi...

BIGORNEAU. Monsieur, si je ne suis pas fort à l'épée (2), sachez que j'ai cassé pour dix-sept sous de poupées à la foire de Saint-Denis.

MODESTE. Mais qu'y a-t-il?.. pourquoi ces épées?

BIGORNEAU. C'est au pistolet que nous nous battrons, Monsieur!

MODESTE. Vous battre! mais pourquoi?

BIGORNEAU. Je vais chercher des armes.

MODESTE. Mais, Monsieur...

BIGORNEAU. Mademoiselle, je vous laisse avec votre bon ami. (Il sort.)

## SCÈNE XI.

### MODESTE, CLARISSE (3).

MODESTE. Mon bon ami, toi?

1 B. M. C.
2 M. B. C.
3 M. C.

CLARISSE, lui donnant la lettre qu'elle tient. Regarde...

MODESTE, reconnaissant l'écriture. De lui !...

CLARISSE. La mèche est éventée... Comment?.. je n'en sais rien; mais notre ruse commence à tourner contre nous et j'y renonce.

MODESTE. Qu'ai-je lu !...

CLARISSE.

*Air de la Mère l'oie.*

Tu dois me comprendre :
Pour mieux te défendre,
J'ai bien fait de prendre
Ce costume-là.
C'était nécessaire ,
Mais tu vois, ma chère,
Qu'avant peu ton frère
Te compromettra.
Pense au voisin même :
Si tu veux qu'il t'aime,
De mon stratagème
Tu vois qu'il a peur ;
Puisqu'il sait te plaire,
Dis-lui sans colère :
« Je n'ai plus de frère,
« Je n'ai qu'une sœur. »
(Parlant très-vite.)
Changeons de système,
J'éprouve moi-même
Une gène extrême,
Et ça se conçoit.
Bref, je crains le blâme,
Et, je le proclame,
Je redeviens femme...
(Elle sort à gauche.)
MODESTE, au public.
On s'en aperçoit!

## SCÈNE XII.

MODESTE, seule. Clarisse! Clarisse! ah! ma foi, qu'elle fasse ce qu'elle voudra... Mais ce que je viens de lire... Comment! M. Oscar a provoqué Bigorneau?.. Il sait que je n'ai pas de frère... il est jaloux... il veut se battre... Eh bien! oui, mais... cette femme que j'ai vue là, chez lui... qui doit y être encore... (Ici une seconde lettre arrive comme la première par la fenêtre et roulée autour d'une pierre.) Ah! mon Dieu, c'est de lui... dois-je lire?.. Si je le dois!.. mais sans doute, et tout de suite. (Elle a pris la lettre; jetant les yeux dessus.) Ah!.. ce n'est pas son écriture... Est-ce qu'elle oserait... Voyons!.. « Mademoiselle, mon frère veut se « battre... » (S'interrompant.) Son frère! (Continuant.) « Il vient de sortir pour aller chercher des armes, « et demain matin il doit exposer sa vie pour vous, « qui ne l'aimez pas .. Si vous êtes une honnête « fille, vous empêcherez ce combat. Une bonne « action répare bien des torts, et je vous jure,

« Mademoiselle, que mon frère ne méritait pas « les chagrins que vous lui causez. Je vous en sup- « plie, Mademoiselle, dissipez mes inquiétudes en « me promettant que ce duel n'aura pas lieu. « Dans cet espoir, je suis votre bien reconnais- « sante : ADELINE MOULINO. » Sa sœur!.. c'était sa sœur!.. et moi qui croyais... Oh! certes, je vais lui répondre. Oscar se battre! et pour moi!.. (Elle va à la table et prend une plume.) Mais comment lui expliquer... Jamais je ne pourrai dans une lettre... Oh! quelle idée!.. Elle est seule... et je puis... Oh! mais dans la chambre d'un garçon... elle est seule, elle me le dit... et, puisqu'elle tremble pour son frère, mon devoir est de la rassurer. (Elle sort en courant.)

## SCÈNE XIII.

CLARISSE, seule, en grisette : elle porte un déshabillé très-coquet. Eh bien! où court donc Modeste?.. (Allant au fond et ouvrant la porte.) Oh! comme elle descend les escaliers!.. Tout le monde a perdu l'esprit dans cette maison, et c'est ma faute. Sans l'idée que j'ai eue de me faire homme, M. Oscar n'aurait pas été jaloux, Bigorneau n'aurait pas été mon ami, il n'aurait pas connu ma sœur, et rien de ce qui arrive ne serait arrivé. — C'est singulier comme à présent je me trouve gênée sous ce costume, il me semble que je n'ai rien sur moi. — Il est vrai que cette robe est un peu... Je ne puis rester ainsi, j'aurais l'air d'aller au bal... Ah! ce fichu... il est à Modeste, mais n'importe! (Elle prend le fichu, s'approche de la cheminée et l'arrange devant la glace.)

## SCÈNE XIV.

### CLARISSE, BIGORNEAU (1).

BIGORNEAU, armé jusqu'aux dents : il a deux pistolets à sa ceinture et tient à la main deux pistolets d'arçon. Si monsieur Jules n'est pas content, c'est qu'il ne sera pas raisonnable. (Apercevant Clarisse.) Mademoiselle Modeste!.. la perfide!.. Soyons digne... (A Clarisse.) Mademoiselle, veuillez, je vous prie, prévenir monsieur votre frère que je l'attends.

CLARISSE, se retournant et apercevant les pistolets. Ah! ah! ah! vous avez donc dévalisé l'arsenal?

BIGORNEAU, la reconnaissant. Ah! mon Dieu!... quoi?.. qu'est-ce que c'est?.. Vous vous êtes dé- guisé, Monsieur?

CLARISSE. Comment me trouvez-vous, sous ce dé- guisement?

(1) C. B.

BIGORNEAU. Monsieur, je vous trouve... certainement... pour un homme... mais il ne s'agit pas de
cela... allez remettre votre pantalon.

CLARISSE. C'est impossible!

BIGORNEAU. Prenez-y garde, Monsieur, nous ne
sommes pas au carnaval, et je pourrais croire que
vous avez peur.

CLARISSE. Croyez tout ce que vous voudrez; mais
ce costume me plaît et je le garde.

BIGORNEAU. Monsieur, vous n'en avez pas le
droit, ce serait une lâcheté.

CLARISSE. Une lâcheté, soit!

BIGORNEAU. Monsieur, je vous somme d'aller remettre un paletot.

CLARISSE. Ma foi, non, je me trouve trop bien
ainsi.

BIGORNEAU, à part. Satané galopin!.. c'est vrai tout
de même qu'il est gentil en femme.

CLARISSE. Mais ça ne fait rien... si vous tenez à
vous battre avec moi...

BIGORNEAU. Oui, Monsieur, j'y tiens, mais ce costume me donnerait des distractions, et, si vous ne
vous déshabillez pas de bonne volonté, je vous ar-
rache à l'instant même, robe, jupon, etc.

CLARISSE. Ah! par exemple...

BIGORNEAU. Et, pour commencer, ce fichu... (Il en-
lève le fichu et reste terrifié en apercevant le corsage.)

Air : *Faut d' la vertu!...*

Juste ciel! qu'est-c' que j'ai vu là!
Un homme n'est pas fait comm' ça.
CLARISSE, lui reprenant le fichu.
Voulez-vous me rendre cela!..
BIGORNEAU.
Juste ciel! qu'est-c' que j'ai vu là!

Monsieur ou Mademoiselle, car je ne sais plus...
et il faut que je sache... Je me trouve dans la
position de me battre avec une demoiselle ou de
garder le soufflet d'un jeune homme... je ne peux
pas rester dans cette position-là.

CLARISSE. Comment, monsieur Bigorneau, vous ne
vous êtes jamais aperçu que j'étais une demoiselle?

BIGORNEAU. Une demoiselle!... vous seriez...?

CLARISSE. Si vous en doutez, voici mon baptistaire que vous désiriez tant connaître (1).

BIGORNEAU. Oh! un baptistaire maintenant... (Lisant.) « Clarisse... » Vous vous appelez...?

CLARISSE. Clarisse Robert, et Modeste est ma
sœur.

BIGORNEAU. Et j'ai tiré l'épée avec une demoiselle, et je voulais viser une demoiselle avec un
pistolet!.. Arrière, arrière, ces armes meurtrières!
(Il s'en débarrasse.) Mademoiselle, je vous fais des
excuses.

CLARISSE. A la bonne heure.

1 B. C.

BIGORNEAU.

Air : *Ah! quel bon temps qu' la folie!*

Quoi! vous êtes une fille?..
Ah! vraiment, ça se peut-il!
CLARISSE.
Mais, oui, je suis une fille...
Monsieur en douterait-il?
BIGORNEAU.
J' vous trouve encor plus gentille
Que je n' vous trouvais gentil!
CLARISSE.
Il me trouve plus gentille,
Qu'il ne me trouvait gentil!
BIGORNEAU.
Quoi! c'est mon ami que voilà?
CLARISSE.
Oui, c'est votre ami que voilà.
BIGORNEAU.
Quel camarade j'avais là!
CLARISSE.
Quel camarade il avait là!
BIGORNEAU.
Ce matin, j' vous disais : *toi*,
Et, même, je me rappelle
Que j' vous proposais, Mam'selle,
De vous baigner avec moi!
CLARISSE.
Ah! ah!..
BIGORNEAU.
Ah! ah!..
(S'excusant.)
Je regrette, en vérité...
(A part.)
Qu'elle n'ait pas accepté!
(Haut.)
Mais, à présent que j'y pense,
Pour moi, voyez quel bonheur?
CLARISSE.
Parlez, j'écoute en silence.
Quel est ce nouveau bonheur!
BIGORNEAU.
Quand nous irons à la danse,
Je serai votre danseur.
CLARISSE.
Quand nous irons à la danse,
Oui, vous serez mon danseur.

ENSEMBLE, dansant.

Tra la, la, la... (1).

CLARISSE.
Près de moi, je vous permets

1 C. B.

De fumer la cigarette ;
Mais, si vous m' contez fleurette,
Je reprendrai mes fleurets.

BIGORNEAU.
Ah ! ah !

CLARISSE.
Ah ! ah !

BIGORNEAU.
Mam'selle, à quoi bon chercher
Des fleurets pour me toucher ?
Quand on possède des charmes,
Quand on a de si beaux yeux,
A-t-on besoin d'autres armes
Pour faire des malheureux ?

ENSEMBLE.

Ah ! quelle métamorphose !

Je m'
Il s'    exprime beaucoup mieux !

C'est   s / m   on changement qui cause

M / S   on changement merveilleux.

(Dansant.)
Tra la, la, la,

BIGORNEAU. Ah ! il me vient une idée !..

CLARISSE. Laquelle ?

BIGORNEAU. Nous étions Oreste et Pylade, soyons Angélique et Médor.

CLARISSE. Plaît-il ?

BIGORNEAU. Non, ils n'étaient pas mariés... soyons Philémon et Baucis !.. Nous étions amis, marions-nous, ça nous changera.

CLARISSE. Mais, monsieur Bigorneau... (Ici la fenêtre de la maison en face s'ouvre. Moulino y paraît avec sa sœur et Modeste.)

BIGORNEAU. Ah ! ne me repoussez pas !.. c'est à vos genoux... (Il s'agenouille.)

MOULINO, SA SŒUR ET MODESTE, riant. Ah ! ah ! ah !

BIGORNEAU, se retournant sans se relever. Hein !

CLARISSE. La ! vous voyez, me voilà compromise !

MOULINO. Oh ! ne vous dérangez pas !.. nous savons tout !.. et les deux noces se feront le même jour !

CLARISSE. Les deux noces ?

BIGORNEAU. Les deux noces ! (La fenêtre se referme.)

CLARISSE. Comment ! les deux noces ?.. Ah çà ! mais.. est-ce que Modeste...

************************************************

## SCÈNE XV.

### LES MÊMES, MODESTE.

MODESTE, accourant. Ah ! que je suis contente ! que je suis heureuse !

CLARISSE. Avancez, Mademoiselle, m'expliquerez-vous ce que signifie.. ?

MODESTE. M. Oscar sait tout !.. il sait que tu aimes, que tu adores monsieur Bigorneau...

BIGORNEAU. Il sait qu'elle m'adore... et je ne le savais pas !

MODESTE. Je me suis justifiée !.. il pardonne tout, et nous nous marions tous les quatre.

CLARISSE. Ah ! par exemple !.. un instant (1) !.. On ne m'a pas encore consultée, moi !

BIGORNEAU.

Air du *Violonneux*.

Oh ! vous qui savez me plaire,
Consentez à mon bonheur.

MODESTE.
Toi qui fus un si bon frère,
Serais-tu moins bonne sœur ?

CLARISSE.
Mon rôle n'est plus le même :
Ah ! voyez si
Je puis ici
De mon ami
Faire un mari ?

MODESTE.
La raison te répond : Oui.

CLARISSE.
Non, non.

MODESTE.
Si !..

BIGORNEAU.
Si !
A vos genoux me voici !

CLARISSE.
Dans mes filets, je suis prise moi-même,
Et, contre moi puisqu'on se ligue ainsi,
J'épouserai le Bigorneau qui m'aime :
Un pareil ami
Doit faire un bon mari

BIGORNEAU.
O bonheur !..
(On frappe à la porte.)

CLARISSE.
Quelqu'un !..

MODESTE.
Silence !
C'est peut-être le voisin (2) ...
(Elle va pour ouvrir.)

CLARISSE, la retenant.
N'ouvre pas, il vient, je pense,
Pour me demander ta main.

MODESTE.
Mais pourquoi cette défense ?

CLARISSE.
Ah ! le pourquoi,
C'est que, ma foi,
Je ne puis, moi,
Plus rien pour toi.

1 M. C. B.
2 C. M. B.

(Montrant le public.)
A ces Messieurs adresse-toi.

MODESTE.
Non, toi...

CLARISSE
Non, toi...

BIGORNEAU.
Je m'en vais leur parler, moi (1)

(Au public.)
Messieurs, donnez un succès populaire
A ce tableau d'un grand peintre de mœurs...

1 C. B. M.

CLARISSE.
Ah! maladroit, voulez-vous bien vous taire (1)!..

LES DEUX SŒURS, au public.
Nous vous implorons, Messieurs, pour les deux sœurs!

ENSEMBLE.

Chacun de nous n'aspire qu'à vous plaire :
Oui, c'est pour nous le plus grand des bonheurs!
Pour ce tableau montrez-vous sans colère,
Daignez applaudir l'auteur et les acteurs.

1 B. C M.

FIN.

LAGNY — Imprimerie et Stéréotypie de VIALAT.

# SUITE DU CATALOGUE.

Les trois Rôcan.
Les Sociétés secrètes.
Le Chevalier de Servigny.
C'en était un.
Les trois Dondon.
Géralda.
La première Chanson de Gallat.
Méphistophélès.
L'Alchimiste.
Le père Nourricier.
La Société du Doigt dans l'OEIL.
L'Hôtesse de Saint-Éloy.
La Fille bien gardée.
Le Jour et la Nuit.
Plaisir et Charité.
Marié au second Garçon au cinquième.
Un Bal en robe de chambre.
Né Coiffé.
Le Ménage de Rigolette.
Le Pont Cassé.
Un Valet sans Livrée.
Le Paysan.
Charles le Téméraire.
L'Anneau de Salomon.
Supplice de Tantale.
Les Infidélités Conjugales.
Les Petits Moyens.
Les Escargots.
La Grenouille du Régiment.
Les Tentations d'Antoinette.
La baronne Bergamotte.
Les Extases de M. Hochenez.
Le Journal pour rire.
Le Renard et les Raisins.
La Belle au Bois dormant.
La Course aux Pommes d'Or.
Christian et Marguerite.
L'Avocat Loubet.
Royal-Tambour.
Mam'zelle fait ses dents.
Le vol à la Roulade.
La Fée Cocotte.
Mon ami Babolin.
Le Palais de Cristal.
Passiflor et Cactus.
Le Duel au Baiser.
Les Trois Ages des Variétés.
English Exhibition.
Histoire d'une Rose et d'un Croquemort.
L'Agent secret.
Drinn-Drinn.
Une Paire de Pères.
Les Giboulées.
Un Monsieur qui n'a pas d'habit.
Mignon.
La Chasse aux Grisettes.
La Vénus à la Fraise.
Les deux Prud'hommes.
M. Barberousse.
Une Queue Rouge.
Le Pour et le Contre.
Le Puits mitoyen.
Trois Amours de Pompiers.
Les Bloomeristes ou la réforme des Jupons.
Le Laquais d'un pègre.
Les Danseuses espagnoles.
Madame Schlick.
Le Prince Ajax.
Les Enfants de la Balle.
L'Ami de la maison.
La Marquise de La Bretèche.
Une Veuve de 15 ans.
Une passion à la Vanille.
Un service à Blanchard.
L'Original et la Copie.
Une rivière dans le dos.
8 Gaillards dont 2 Gaillardes.

Un Frère terrible.
Une Vengeance.
Une petite Fille de la Grande Armée.
La Fille d'Hoffmann.
Un soufflet n'est jamais perdu.
Les Femmes de Gavarni.
La Maîtresse d'été et la Maîtresse d'hiver.
Les Echelons du mari.
Les Néréides et les Cyclopes.
Poste restante.
Le Portier de sa Maison.
Les Compagnons d'Ulysse.
Le Roi des Drôles.
La Mère Moreau.
La Queue du Diable.
Le Bal de la Halle.
Méridien.
La première Maîtresse.
La Jolie Meunière.
La tante Ursule.
Mademoiselle de Navailles.
Prunes et Chinois.
Histoire d'une Femme mariée.
Les Mystères d'Udolphe.
Une Poule Mouillée.
Sullivan.
Taconnet.
Alice ou l'Ange du Foyer.
Marco Spada.
Tabarin.
Les Abeilles et les Violettes.
Le Lutin de la Vallée.
Le Baromètre des Amours.
Habitez donc votre immeuble!
Le Miroir.
Richelieu.
On dira des bêtises.
Le Carnaval des Maris.
Un Festival.
Une jolie Jambe.
Le Voyage d'une Épingle.
Les Amours du Diable.
Les Postillons de Crèvecœur.
Les Orientales.
L'Amour, qué qu'c'est qu'ça?
La Vie à bon marché.
L'Ombre d'Argentine.
Faute de mieux.
Cadet-Roussel, Damollet, Grillouille et Cie.
Fraîchement débarqué.
Sir Jean Esbrouff.
Les Aides de camp du Général.
La Bataille de la vie.
Mêlez-vous de vos affaires.
Les Moustaches grises.
Les Vins de France.
La Dame aux Œillets blancs.
Les Trois Gamins.
La Peine du Talion.
Le Mari par régime.
Un Cerveau fêlé.
La Queue de la Comète.
Sur Terre et sur Mer.
Mon Étoile.
Un Fils malgré lui.
Mesdames les Pirates.
La Fille invisible.
Un Père de famille.
A la recherche d'un Million.
Une Rencontre dans le Danube.
La Femme à trois Maris.
Le dernier des Mohicans.
Bertrand c'est Raton.
Les Contes de la Mère l'Oie.
L'Antichambre en Amour.
La Fiancée du Diable.
En trois Visites.
Canuche, ou le Chien de la Chaumière.

L'Automne d'une... 
Un Provincial qui se forme.
La Danseuse espagnole.
Un Spahi.
La Fille Mousquetaire.
Le Fauconnier.
La Dette et la Dot.
La Nonne sanglante.
Une Sangsue.
M. Bannelet.
Allez-vous-en gens de la noce.
Un Homme sur le gril.
Le Cabaret du Pot-Cassé.
La Ligne droite.
Histoire d'un Sou.
Mademoiselle Atala.
Les Binettes contemporaines.
Le Diable.
Les deux Enigmes.
La Femme d'un sous-Homme.
Jacqueline Doucette.
Le Gendre de M. Galuchon.
Les Exploits de César.
L'Auberge du Lapin Blanc.
Ah! quel plaisir d'être Garçon.
M. Beauminet.
L'Art de déplaire.
Joli mois de Mai.
L'Hiver d'un Homme marié.
Le Palais de Chrysocale.
Trois pour un Secret.
L'École des Epiciers.
Une nuit de Séville.
Rose et Narcisse.
Les Représentans.
Un Mari dans tous ses meubles.
L'Amour et le Temps.
Le Rat de ville et le Rat des champs.
Madame Roger Bontemps.
La Femme doit obéir à son Mari.
101 coups de Canon.
Donnez-moi la Paix.
Un Monsieur comme il faut.
Le Professeur des Cuisinières.
Estelle et Némorin.
Deux vieilles Gardes.
Les Métamorphoses du moineau.
Un Bonheur sans nuages.
Riche d'amour.
La Sarabande du Cardinal.
Les Drôles du baptême.
A deux, trois jeux.
Un Faiseur refait.
Satania.
Le Nid d'amour.
Le Nord et le Midi.
Un Vers de Virgile.
L'Orgue de Barbarie.
Desangiers en voyage.
Casse-Cou.
Le Legs.
Le Bureau des Objets perdus.
Les Dames à quatorze.
Le Pompadour Linsois.
L'Invitation à la Valse.
Le Copiste.
La Villa des Amours.
Le Pot de Fer et le Pot de Terre.
Au Clair de la Lune.
Rompons!
L'Amour et Psyché.
Une vie de Polichinelle.
Péché caché.
Marcassin ou le Mari de ma Femme.
La Chasse aux Bêtes.
Une Guitare.
A qui la mèche?

L'Finale.
Les Amours de [illegible].
Le Hanneton du paysan.
Les Fées de Paris.
Pour un b.b.
Lucienne.
Les jolies Filles de St-Cyr.
L'Huître et les Plaideurs.
La Grand Palais.
La Tour de Nesle.
Les Circonstances atténuantes.
La Chasse aux Voleurs.
Les Bourguignolistes.
Une Femme sous les scellés.
Les Avocats de Camp.
Le Mari à femme.
C'est un Garçon.
Jockei-Club.
Lucrèce.
Les deux Couronnes.
Au Croissant d'Argent.
Le Château de la Roche-Noire.
Mon illustre ami.
Talma... coupé.
L'Ombrelle Fantastique.
La Dragonne.
La Sœur de la Reine.
La Vendetta.
Le Pré.
Les Informations Conjugales.
Le Loup dans la Bergerie.
L'Hôtel de Rambouillet.
Les deux Impératrices.
La Chasse d'Argure.